Meu Livro Brilhante de Fadas
com atividades e adesivos

Faça seu pedido!

A fada dos desejos está tentando encontrar um poço mágico.
Siga as instruções para descobrir qual dos poços abaixo é o correto.

Instruções

1. Voe duas casas para baixo.
2. Voe uma casa para a direita.
3. Voe duas casas para baixo de novo.
4. Voe uma casa para a esquerda.

Resposta na página 16

De quem é a casa?

A fada da floresta está procurando a casa de uma amiga.
Use as pistas para descobrir qual das casinhas-cogumelo é a correta.

Dicas

1. O cogumelo é vermelho com bolinhas brancas.
2. O cogumelo tem uma janela.
3. A porta do cogumelo é azul.
4. O cogumelo não tem uma chaminé.

Resposta na página 16

Belo buquê

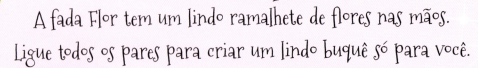

A fada Flor tem um lindo ramalhete de flores nas mãos.
Ligue todos os pares para criar um lindo buquê só para você.

Gostosuras de cogumelo

A fada Rosa e a fada Flor estão tomando chá na floresta encantada. Aponte sete diferenças entre as cenas abaixo.

Resposta na página 16

Trilhas encantadas

As varinhas mágicas estão todas trocadas. Siga as trilhas de pó de fada para descobrir de quem é cada varinha.

Uma maravilha de primavera

Há um montão de coisas gostosas na floresta.
Você é capaz de responder as perguntas sobre a cena abaixo?

1. Quantas maçãs há na cena?

2. Quantas peras você vê?

3. Quantas borboletas você encontrou?

Resposta na página 16

Decoração dos sonhos

As fadas estão pintando o palácio encantado. Use suas cores preferidas para ajudá-las a embelezar o lugar.

Estrelas cintilantes

A fada das estrelas brilha mais que o céu estrelado inteiro.
Aponte a fadinha diferente das demais.

Resposta na página 16

Bolo das fadas

As fadinhas estão decorando um delicioso bolo.
Ligue as peças abaixo aos espaços do quebra-cabeça.

Resposta na página 16

13

Baile encantado

É hora do baile encantado e as fadas estão animadas!
Quantos itens da página ao lado você é capaz de encontrar na cena abaixo?

Há fadas na cena.

Respostas

Há 3 gatos mágicos escondidos nas páginas deste livro. Você consegue encontrar todos?

Página 2 – Faça seu pedido!

Página 3 – De quem é a casa?
O cogumelo D é a casa correta.

Página 4 – Belo buquê
a-g, b-f, c-j, d-k, e-i, h-l

Página 5 – Gostosuras de cogumelo

Página 6 – Trilhas encantadas
a-4, b-5, c-1, d-2, e-3

Página 7 – Uma maravilha de primavera
5 maçãs, 3 peras, 2 borboletas.

Página 8 – Está fazendo falta!
a-5, b-2, c-1, d-6, e-4, f-3

Página 12 – Estrelas cintilantes
A fada E é a diferente.

Página 13 – Bolo das fadas
a-2, b-1, c-4, d-3

Páginas 14–15 – Baile encantado
1 cogumelo, 4 xícaras de chá, 1 ratinho, 5 abelhas, 1 buquê, 5 cupcakes, 2 esquilos, 1 bolo. Há 6 fadas na cena.

Página 16 – Gatinhos encontrados
Os gatos mágicos estão nas páginas 2, 7 e 11.